「地においては破れた弧。天においては全き円」　ブラウニング

ハイドンな朝

装幀　名久井直子

ハイドンな朝　目次

潮騒　13
ハイドンな朝　14
ハイドンな朝　15
或る貴婦人のための幻想曲　16
ロレンスの薔薇　17
春の訪れ　18
印象派展　20
大聖堂
積み藁
ルノワールの楽園

楽園の光
ドガの踊り子たち
ルノワールの薔薇
サン・ラザール駅
光の巨匠
世界へ

『幸福な王子』のために 34
Ⅰ 天上の愛
Ⅱ 神の計算
Ⅲ 燕の死

ユートピア便り 42
弧のために 44
弧のために ii 46
弧のために iii 48
円をめぐって 50
ラファエロ讃 60
『小椅子の聖母』のために 64
Ⅰ ラファエロの聖母
Ⅱ 円の中のアトリエ
Ⅲ 呼びかけ
Ⅳ 無限の愛

哀しみのトルソー　70
大聖堂　74
すべての美しいものへ　76
黄金の翼　78
一杯の水　80
イカロス　82
詩　84
詩 ii　85
詩 iii　86
詩 iv　87
詩 v　88

詩 vi 89
詩 vii 90
詩 viii 91
詩 ix 92
芸術の女神（ミューズ）の腕前 94
ドン・ファンのように 95
波 96
波 ii 97
波の牙 98
波の主張 100
竪琴 102
裸の王様 104

白い泉　一枚の画用紙のために　106
春の治療　110
春の埋葬　112
秋の本　114
最期の海　116
故郷　118
あとがきにかえて　詩人の秋　120

潮騒

私の中に海があり
愛という潮騒が立ち騒いでいる
ひどく懐かしい歓喜の音楽
私の中の小さな海が
すべての海とつながっている
私たちはみな音楽なので
神の五線譜の上で暮らすのだ

ハイドンな朝

ハイドンはいつだって御機嫌だ
スプーンに映された嘘を歪めて真実に変え
沸き立つコーヒーには
シテール島を浮かべて澄ましている
向かい風を追い風に引き合わせ
綿毛に宿る光で魂をくすぐり
ふり返ると——
すでに跡形もなく消え失せている

ハイドンな朝

ハイドンが朝食を占拠している
出来たての煎り卵と熱いコーヒー
子供たちがスプーンに自分自身を映して
昨日の自分と別れを告げようとする
永遠は一瞬のうちに過ぎ去ってしまう
愛し合った挙句　憎しみ合った挙句に
夢心地のアレグロは湯気と戯れて
子供たちが今日の自分と出会う

或る貴婦人のための幻想曲

或る貴婦人に献げられた幻想曲が
ヴェランダで木漏れ日を浴びている
時が来れば儚く掻き消されてしまう
かといって今ある歓びを拒みようもない
歓びを拒み続けた貴婦人は
百年前の忘却の池の畔(ほとり)
彼女の墓に成り代わり
夕陽に輝くカデンツァが夢想している

ロレンスの薔薇

ロレンスの詩の余白の庭に
咲き誇っている一本の薔薇
神や詩や宇宙の隣で
折からの風に花弁を震わせている
研究者たちに摘まれぬよう
僕が見守ってあげよう

春の訪れ

万緑に包囲されたので
私は英断を迫られる
もはやこの包囲網を解くことは出来ない

私は卑怯者よろしく
歓喜とともに降伏するだろう
何と謗(そし)られようともかまわない

胸震わせて　覚悟を決めて
私はこの燃えるような季節に
夢中で魂を売るだろう

印象派展

大聖堂

光の霧のようだ
大聖堂の堅牢な姿さえ
まるであの世のように煙（けぶ）っている

この世界が
正真正銘の夢ならば
力の限り
美しい夢と化すがいい

そう嘯（うそぶ）いて
ひたすら絵筆を躍らせたのだ
真実が夢に紛れこむ
騙し絵のような危うさで

積み藁

すべての戦車が
明日　積み藁になればいい
遙かに沈む夕陽を浴びて
それが薔薇色に染まればいい

私たちの時代のモネが
連作を描けばいい
「積み藁になった戦車」と題して

刻一刻と変わりゆく
薔薇のあわいを描いてくれれば
それでいい

ルノワールの楽園

木洩れ日が落ちて

地上の衣装を
木洩れ日柄に
織り上げている

あなたの絵の中ではじめて
人々は善良になれる
かのようだ
だが　彼らの美しさが
額縁の外に広がる世界を
励ましている

絵画という楽園は
けっして孤島ではない
とでも言うように

楽園の光

あなたの中に
楽園があったから
光を描くことが出来た

人は
自分の中に無いものに
憧れることは出来ないから

本当の楽園は
あなたの胸の奥にある
むしろ――
そこにしかない

あなたが描いた眩い世界の
真実の光源は

ドガの踊り子たち

不幸そうに輝いている
ドガの描いた踊り子たちは

人生とは
素晴らしい夢なのか　それとも
胸の痛くなるほど

ルノワールの薔薇

悪い夢なのか
自信なさげに決めかねている
だが　輝いていることに
変わりはない

もうあれから
百年以上経つのに
彼女たちは相も変わらず
輝きつづけている

あなたの薔薇を摘むことは出来ない
それが絵だからではなく
永遠と戯れる光の渦だったから

痩せ衰えたあなたの指先から
その魔術は迸(ほとばし)った
私たちがゆっくりと思い出せるように

真実の薔薇は
庭でも野原でもなく
魂の土壌に咲くということを

サン・ラザール駅

モネの海の沖に
駅舎が浮かび上がっている
それは蜃気楼だ

ガラスと鉄骨で
出来ているのではない
それは夢で出来ている
私たちの人生と同じように

その儚さを
残酷なまでに美しく
画家は描き切った

モネの海は
きっと今でも
輝き続けている

光の巨匠

私は悟った

真に偉大な芸術家は
光だけ
だから私は徒弟となろう

眩い巨匠の手足となって
彼の命ずるままに
描くのだ

この巨匠は
富も名誉もいらぬという
そんな地上の幻は
弟子の私にすべて譲ると
嘯(うそぶ)いている

そして――
夜明けから日の暮れまで
一瞬たりとも
手を抜くことなく

働いている

世界へ

神から遠く離れた場所で
むしろタブローは
光に満ちた

生きるということは
生命の輪郭を
象(かたど)ることではない

むしろ限ろうとするすべての線を
世界へ向けて
果敢に開いてゆくことだから

『幸福な王子』のために

そしてわが黄金の都では、幸福な王子に吾を永遠に賛美させよう。

（ワイルド『幸福な王子』）

I　天上の愛

銅像になって
はじめて分かった
地上の愛は
すべて夢だったことに

「肉体が幻だというのなら
金属と宝石でつくられた

この私とは何だろう」

だから彼は惜しげもなく
自らを与えた
すると――
まがいものだった心臓が
本物の魂に変わった

地上の誰もが彼を嘲（あざけ）り
台座から
引き降ろしたその時
彼の胸には
ただ感謝だけがあった

王子は自分を失って――
はじめて真実（ほんとう）の自分を得た

II　神の計算

温かい肉体を葬って
冷たい銅像になってから
彼ははじめて人間になった

鉛の心臓に
熱い血潮が流れた
台座に据えられる前は

決して流れなかった涙が
頬を伝った

「不幸な人々のために
私の幸福から
紅玉（ルビー）と蒼玉（サファイア）と
黄金を差し引いたら
果たして不幸が残るだろうか」
だが
神の計算は
地上のそれとは異なっていた

彼の幸福から
紅玉と蒼玉と

黄金が差し引かれた時
本物の幸福が
生まれた

体は
台座から引き降ろされたが
魂は天国に
昇っていった

地上では誰も
気づかなかったが——
真実の国で
彼の魂は
正真正銘の

幸福な王子になった

Ⅲ　燕の死

「何という穢(けが)らわしい死骸だ」
王子の足下で
燕が息絶えた時
市長は声を荒げた

だが その時
燕はすでに天国にいた
傍(かたわ)らには

王子がいて――
美しい顔で微笑んでいた

彼らは
地上の夢から目覚めて
真実の世界に生きはじめた

そうだ
死は跳躍で――
地上の生涯は
そのための助走だったのだ

ユートピア便り

血沸き肉躍るという言葉は
似つかわしくない
血は鎮まり　肉は安らいでいる
ハイドンを聴きながら繁茂する植物みたいに

魂にも産毛があって

透き通った光が風に靡(なび)いている
ユートピアは瞬間という土地に造られる
先住民は石や虫や樹木たち

私の中のすべての細胞が
神を欲している
今この一瞬を彫琢(ちょうたく)しても
それを据えるどんな台座もないだろう

弧のために

円に中心があるように
弧にも中心がある
どんなに遠く離れていても
中心が弧を見放すことはない

それは悠然と待っている
弧が成長して
完璧な円になることを

これこそ自分の姿であると
弧がゆっくりと
真実を思い出すことを

弧のために　ii

どんなに遠心力が働いても
手放さないことだ
中心を
中心が
おまえを手放さないのだから

そうすれば
かならず美しい円になる
中心は
疑ったことがない

だからおまえも
疑ってはいけない

弧のために　iii

天上へ昇ってゆく龍のように
弧が
見果てぬ夢を
追いかけていった

途方もない円を目指す弧ほど
廻り道しているように
見える

円をめぐって

1

あなたの円周は
あまりに遥かなので
私には時々
あなたがいないように見える

2

私の円に入りなさい
母が子に言う

小さな円が
大きな円に抱かれる
すると
歓びと共に
ふたつの円周が
少しだけ大きくなる

3

光を汲む井戸だ
おまえは

しかも――

闇より深い彼方から
おまえの光は
汲みあげられる

生命を汲む井戸だ
おまえは

4

円は
病むことがない
すべての病は
私たちが弧であるという

誤解から生まれる

5

円が壊れて
弧になるのではない
自分が円であることを
忘れた時
円は弧になる

弧が集まって
円になるのではない
自分が円であることを

思い出す時
弧は円になる

6

弧は
円の背中に過ぎない
顔もある　腹もある　尻もある
寝返りを打てば
円はまた
まったく違う姿を見せる
だが――
どんなキュビスムを駆使しても

円の全身を捉えることはできない

7

いくつ集まっても
弧は孤独のままだ
たったひとつでも
円は孤独ではない

8

弧はいつだって

彷徨（さまよ）っている

円は彷徨うことがない
動かずに——
だが円は何処へでも
行くことが出来る
円のために
宇宙のすべてが
巡るので

9

円は

満ち足りている
何かしら
ひどく美しいものに

弧は時間と共にあるが
円は時を超えている
まるで幻のようだ

いや
弧の抱（いだ）きつづけた
見果てぬ夢が
ついに正夢となったのだ

10

どんな小さな円でも
王であるということに
かわりはない
痩せた円　貧しい円
虐げられた円
そんなものはない
王はいつでも
感謝している
自分の幸福に
自分の光に
自分の愛に――
王は君臨して

しかも統治する
この世界を
そしてこの宇宙を

ラファエロ讃

眼に見えるものは
すべて幻
円だけがこの世の真実だと
見抜いていた
ラファエロ・サンティオ

魂に
美しい円を
秘めていたから
そして世界は
自身の鏡像だから

あなたにははっきりと
見えたのだ
私たちには見えない
無数の円が

世界の醜さを嘆く前に
おのれの魂に円を探れよと
あなたは静かに諭(さと)してくれる

そうして
思い出させてくれる
私たちの中にも
豊饒な円のあることを

確信させてくれる
光り輝く領土に
広がりつづける円周が
いつか重なってゆくことを

『小椅子の聖母』のために

I　ラファエロの聖母

ラファエロの聖母が
円の中から挨拶している
神も愛も宇宙も
すべては円
そのことを早く悟りなさいと
言うように

私たちは皆

円の外に生まれ落ちる
（円の中に生まれる者はいない）
私たちの生のすべては
円の中へ入るためにある

II　円の中のアトリエ

円の外から描いたのではない
画家はこの絵を
円の中から描いた

この絵を描くには

完璧な愛と平和が
どんな画材よりも
必要だったので

III　呼びかけ

まだあどけない幼子が
円の中から呼びかけている
この世を超えてみないかと
私たちに訴えている

富も権力も名声も

円の外にあるものは
すべて幻なのだから　と

Ⅳ　無限の愛

なぜだろう
円の中に
聖母子もヨハネも
閉じ込められているのに
窮屈な気配は微塵もない

この世界が宇宙のすべてだと

信じている者には
想像もつかないだろう

だが
この世を超えた無限の世界が
円の中にはきっとあるのだ
この世を超えた愛の世界が
円の奥には広がっているのだ

哀しみのトルソー

哀しみは
腕を捥(も)がれたトルソーのようだ

喪(うしな)われた両腕に
抱かれていたものが
かつてあったのだ
まるで
ラファエロの聖母子のように
一心同体だったものが
それは喪われてしまったように

見える
嘘のように美しい幻のように
それは消えてしまったように
見える
記憶に潰えた城のように

暗闇の中で——
だが
トルソーは
悟るようになってきた
捥がれた両腕が
今も抱き続けていることを

抱かれる者も
抱く者も
力の限り
一心同体になっていることを

喪われたはずの両腕に
感じるようになってきた

かつて抱いていたものの
懐かしい温もりを
かつて愛していたものの
素晴らしい重さを

大聖堂

大聖堂の尖塔が
真っ赤に燃えて
崩れ落ちた

まるで――
この世界の儚さを
その身を賭して
証(あかし)しようとしたかのように

だが
何も喪われてはいない
真実に堅牢なものは
この世界の外にある

日々繰り返される
慌ただしい足し算と
引き算をよそに――
魂は安らいでいる

時間の外に造られた
眼には見えない大聖堂で

すべての美しいものへ

美しいものは
朽ちることを怖れるな
また巡りめぐって
必ず美しくなる

すべて美しいものは
そのようにして
美しくなったのだ

花も樹木も石も星も
そうだ　そのようにして
こんなにも美しくなったのだ

黄金の翼

翼のかわりに
心を与えた
神は私たちに

眼には見えないが
黄金の翼だ

広げてみようじゃないか

一杯の水

大海から
一杯の水を掬（すく）っても
それはもう海ではない
それはただの水だ

だがそれを海に帰すと
水は再び海になる
真実（ほんとう）は誰もが海なのだ
だが私たちは
「一杯の水」に
なってはいないだろうか

イカロス

イカロスが墜落したのは
溶けた蠟のためではない
太陽に心を奪われて
自分の内なる光を
見失ってしまったからだ

本当はその光にこそ
向かってゆくべきだったのだ

詩

なぜだろう
詩人よりもずっと
詩の方が立派だ

詩　ii

遊んで暮らす
言葉もある

詩 iii

言葉が
命を賭けて
遊んでいる

詩人はただ
そこにいる

まるで
身動きひとつせず
戦を見守る武将のように

詩・iv

詩を書かないと
息つぎができない
詩人は

詩

V

ひとつひとつの言葉は
弧に過ぎないが
詩になると円になる

詩

vi

巣立っていった言葉は
戻ってこない
詩人の魂という巣は
しばしば
もぬけの殻になる

詩 vii

言葉と別れてしまったら
詩人の魂は
手持無沙汰になる

「小人閑居して
不善をなす」

言葉と別れてしまったら
詩人の魂は
きっと悪いことをする

詩 viii

言の葉を
神に翳（かざ）すと
美しいものが作られる
それが――
詩人の目指す光合成
雨の朝にも
嵐の夜も

詩・ix

言葉を
鎖のように連ねて
魂を捕えようとする

だがそれは
すり抜けてゆく
脱獄したペテロのように
天使の力を借りて

振り返りながら
むしろ言葉を

憐れむようにして——

芸術の女神（ミューズ）の腕前

芸術の女神の掌の上で
詩人たちが転がされている
どう転ぼうか
などと詩人は考えない
考える前に
すでに転がされている
それが芸術の女神の腕前だ

ドン・ファンのように

私の詩にならないか
耳元で囁(ささや)いて
言葉を手籠めにする
詩に似つかわしくない語彙
などというものはない
詩人が花を咲かせるまでは
すべての言葉は
蕾だから

波

苦しみはすべて
波のようだ
海のやすらぎをよそに
荒れ狂っている

自分が
海の一部であることも
知らずに

波

ii

荒れ狂う波に
気を取られて
私たちは忘れてしまう
海の底の静けさを

大聖堂よりも堅牢な
やすらぎと愛を

波の牙

波は甘えているのだ
母なる海が　いずれ――
甘く優しく
愛撫するように
慰めてくれるだろうと

その狂暴な牙を
向けているのだ
海に　世界に
それから――
自分自身に

波の主張

波が立ち騒いでいる
俺たちを
海と一緒にするなと
言って

俺たちは
海とは違う
独立した存在だと

主張して

まるで
時間のように忙(せわ)しなく
現れては
消えてゆく

騒がしい主張を
静寂に変えて――
永遠の海に
帰ってゆく

竪琴

まるで天使の翼のようだ
捥(も)がれて　剝製になるかわりに
芸術の女神(ミューズ)の悪戯(いたずら)で楽器になったのだ

きっとダヴィデは弾くつもりなんてなかった
ただ夢中で愛撫しているうちに

気がついたのだ
美しい音楽が生まれていることに

そして悟ったのだ
翼を愛撫しているつもりで
魂を愛撫していたことに

裸の王様

木洩れ日の砦に
心隠しても
からだは隠せない
王様は裸

雲流れ　夢遥か
紙飛行機の滑走路
去りゆく季節は
影法師のワルツ

雲の玉座に

からだ預けても
心は休めない
王様は裸

空の青さに
われを忘れても
街路樹のアルバムが
記憶の葉を散らす

幻の愛を
重ね着しても
心は風邪を引く
王様は裸

白い泉

一枚の画用紙のために

おまえはまるで白い泉のようだ
わたしは試しに
鉛筆の先を
お前の中に浸してみる

それから
少しずつ　少しずつ
おまえの中に沈めてみる

わたしが指をすべらすと
鉛筆は音もなく

おまえの中に姿を消してしまう
けれど真っ白な水面(みなも)には
波紋の広がる気配もない

おまえよ
おまえという泉の底には
そんな風にして沈んだ鉛筆が
数え切れないくらいたくさん
横たわっているのだ

何かを描こうとして
描けぬまま
夢を閉ざした鉛筆たちが

静かに　静かに
横たわっているのだ

春の治療

春が病んでしまったので、懇意の医者が駆けつける。

暖かい海に時をゆだねて
私は春を治療に行こう
季節は移り病も巡る
私はひとり駆けつけよう

白衣は踊り鞄は歌う
春はうららかな患者だから

まずは小川の意見を聞こう
それから春の脈を聴き
雲を浮かべて様子を見よう

春には春の夢がある
破れた恋や歌もある
春は素晴らしい患者だから
鳥の囀(さえず)りが私のカルテ

私は春に愛を誓って
明日またきっと見舞いに来よう

春の埋葬

春が埋葬されている
オフィーリアのように髪を濡らして
その唇を静かに閉じて

咲くべき花はすべて咲いたと
夢見るように小鳥が歌う
沸き立つ雲は星を蹴散らし
海鳴りも青い別れを告げる

季節の間で死んだ時間が
鏡の前で化粧を直す
償い切れない夢の残滓が
埃のように宙に舞い上がる

いま春が来て　春が去り
草も花も風もすべてに満ちて――
見上げれば
透き通るような青い空

こんなに多くの光を遺して
春は春の中に
埋葬される

秋の本

往年の大作家の廉価版の古本が
秋の陽射しに輝いている
こんなに懐かしい紅葉もあるのですね
あの時感じた胸の高鳴りが
潮騒のように蘇る

夢は破れなかった
そして山河もここにある

私の胸の中に
耳を澄ませば鳴り響く音楽の中に
記憶の彼方の物語の背景に

この美しい黄昏を
私の人生の栞（しおり）にしよう
退屈な章も
読み進めるのが惜しい章も
すべてが贈られる糧になる

すべてが愛すべき夢になる

最期の海

潮騒はすっかり耄碌（もうろく）し
愛も潮風にやられたけれど
老いた海の世話は私が見よう
海を愛した私が見よう

海の親戚に連絡し
恋人たちに手紙を書こう
海と一緒に机を並べた
同窓生たちを訪ねてみよう

水平線に沈む夕陽が
海辺の事故を朱に染めている
記憶と忘却の漂流物が
異国で覚えた歌をうたう

焚火は盛んに憂いを燃やし
夢も潮風にやられたけれど
何も語らないあなたのために
浜辺で私は詩集を読もう

老いた海の世話は私が見よう
いつまでも　いつまでも
一緒にいよう

故郷（ふるさと）

故郷は
お前の中にある
故郷は
逃げてはいかないよ
お前が感謝すれば
感謝の山びこが返ってくる
耳を澄ませよ
魂という太鼓の
皮が震える音に

あとがきにかえて　詩人の秋

原稿用紙の庭に
言の葉が吹きだまっている
どんな箒を手にしたら
この庭を掃き清めることができるのか
詩人はひとり思案に暮れる

どんなに辞書をにらんでも
言葉の真意は分からない
言葉は辞書に心を許していない
言葉には子供のようなところがある
だが　詩人は子供をあやす術を知らない

朝日が昇る時
山の端が少し焦げるのだ
結局何も書けなかったと
詩人はゆっくり考える
原稿用紙の庭は乱れたままで——

失意のベッドに身を横たえる
そうして寝返りを打ちながら
なぜか満足げに寝言をつぶやく
今はまだ初夏なのに
私の庭はすっかり秋なのだ　と

田口犬男（たぐち・いぬお）

詩人。1967年東京都生まれ。慶應義塾大学文学部中退。Western Maryland College卒業。『モー将軍』（思潮社）で第31回高見順賞受賞。その他詩集に『聖フランチェスコの鳥』（思潮社）など。

ハイドンな朝／二〇二一年一月十一日　初版第一刷発行／著者　田口犬男／発行人　村井光男／発行所　株式会社ナナロク社／〒一四二－〇〇六四東京都品川区旗の台 四－六－二七　電話　〇三－五七四九－四九七六　FAX〇三－五七四九－四九七七　印刷所　中央精版印刷株式会社

Printed in Japan　ISBN978-4-904292-97-6 C0092